青葡萄

Aobudou
Fujita Ruriko

藤田るりこ句集

ふらんす堂

序

辺境を旅する夢やハンモック

ハンモックに揺られて見る夢が辺境の旅だという。辺境とは中央から遠く離れた地域という意味だが、この句では、少数民族が暮らすような土地に行って、そこの文化や生活に触れる夢を見たのではないだろうか。好奇心が旺盛で、明朗な性格の作者らしい句と言えるだろう。

次の句は辺境ではないが、異文化に触れたときの印象が鮮やかである。

寝台車の硬きマットや鰯雲

朝日さす大平原や黍の粥

秋高し河北の子らと楡植ゑて

中国の河北省での作。勤務している会社が社会貢献活動として、沙漠を緑化するために植樹をする取り組みをおこなった。そのツアーに参加した作者。寝台車に長時間揺られて行き、大平原の中に降り立ち、現地の子どもたちと楽しく交流した様子が目に浮かぶ。

クメール正月荷台の上の大家族
いにしへの王の浴場裸の子
洛陽や鈴虫のこゑ高く澄み
秋の朝絹をなびかせ太極拳

一句目と二句目はカンボジアで詠まれた。一句目の「クメール正月」はカンボジアの正月のことで、四月の半ば頃に行われる行事である。トラックの荷台に乗っている大家族に注目している。二句目はアンコールワット近くの王宮跡の浴場で泳いでいた裸の子を詠んだ。現地の人達の生き生きとした表情を見逃していない。三句目と四句目は中国河南省の嵩山少林寺を訪れた時の作。作者は本場中国の太極拳を学生時代から習ってきたため、武術交流や認定試験などで中国に行く機会が多い。

作者の藤田るりこさんは二十代から句を作り始めていたが、十四年前に「秋麗」が創刊してからは、黒澤麻生子さん指導の「うららの会」で同世代の句友と句座を囲み、忙しさの合間に詠んだ句を「秋麗」に発表してきた。その成果が認められ、二〇一八年には秋麗新人賞を受賞している。

トランクを食卓にして青葡萄

句集名となった一句。この句も旅先である。熟れていない葡萄の下にトランクを置き、簡単な食事を摂っている光景。青葡萄を一粒摘んだかもしれない。旅情を感じさせるとともに、作者が冒険的な旅を楽しんでいる様子が伝わってくる。

異文化ばかりでなく、音楽、文学、演劇など、さまざまな芸術に関心を寄せてきた。それが、作者の作句の土壌になっている。

シェイクスピア観て夏至の夜を言祝ぎぬ
寒晴や狂女の面に笑み浮かび
秋の雨指が憶えてゐるショパン
冬瓜煮る邦子に秘めし恋ありて

冬来る煌めきてから鳴るホルン

一句目はシェイクスピアの喜劇「真夏の夜の夢」を観ての句。シェイクスピアの巧緻で豊富な言葉の洪水に感動した心に「言祝ぐ」という表現がふさわしい。二句目は能のシテが狂うとき、笑むように見えたことでその悲劇の深さを感じ取っている。三句目は雨垂れの音を聞いているうちに思わず指がピアノを弾く動きをしたという句。四句目は向田邦子の小説から邦子自身に興味を抱いたのであろう。五句目は演奏会でホルンが光ってから音が聞こえてきた瞬間を捉えた。いずれも芸術に触れたときの感動が生き生きと詠まれている。

さらに、二十代から学んでいる声楽の場面で、次のような句も生まれた。

初稽古譜面に感嘆符を足して

初旅の楽譜読み込む機内かな

以上のような海外詠や音楽・演劇を素材にした句には華やかな彩りがあり、ロマンを感じさせる。しかし、作者の日常生活を活写した句や、一見地味な仕事の句も、本句集の魅力のひとつである。

コンビニの秋刀魚ほほばる昼休み
顎引いてゆく通勤路花木槿
勤続表彰虻ホバリングしてをりぬ
白靴の新任講師として登壇
秋の暮学会準備着着と
初暦裏方となる星廻り
初仕事海を見たくて屋上へ

一句目はコンビニエンスストアの昼食に季節を感じている現代人らしい一齣。二句目からは通勤の緊張感が伝わってくる。三句目は勤続表彰されつつ、休むことなく仕事をこなす自身を虻に託した句。四句目は研修講師として講義をする場面、五句目はカウンセリングの学会の準備、六句目は裏方になることを楽しむ余裕を詠み込んでいる。そして七句目は新年に出勤して東京湾を望むビルの屋上に上がったという句である。職場は無機質な都会にあるが、どの句も季語が無理なく働いていて、読んでいて清々しい。

働き盛りの多忙な四十代だが、時にはゆったりと自分を見つめ直す句も見られる。

春 の 闇 抜 け ゆ く 夜 汽 車 窓 に 頰
小 満 や 一 夜 限 り の ネ イ ル 塗 り
海 硝 子《シーグラス》 拾 ふ ひ る が ほ 閉 づ る ま で
足 指 を 砂 に 這 は せ て 秋 渚

一句目は夜汽車の窓に頰を付けている。二句目ではネイルアートを楽しんでいる。三句目は浜辺でシーグラスを探すことに夢中になり、四句目は渚で裸足になってひとときの自由を楽しんでいる。どの句からも己を愛おしむ表情が想像できて、読者をほっとさせる。そして、しなやかな詩情が漂う。

るりこさんの句は、すべて実際の体験に基づき、客観的な言葉で詠まれている。

作句態度として当然のことのように思われるが、迷いなくその態度を貫いていることは大きな強みである。頭で作り上げた句はなく、感情を露わにした句もほとんどない。その抑制の姿勢はるりこさんの美意識に因るところが大きいと思うが、加えてるりこさんは、早い時期から俳句という詩型の要諦を理解していたのだと思われる。また時々「秋麗」誌に寄せる句集評や吟行案内等の文章では筆力を存分に発揮してきた。

この数年間は、新型コロナウイルス蔓延で、会社に行くことや句会で人が集まることに自粛が求められた。しかし、るりこさんは二〇二〇年四月に、いち早くオンライン句会開催の算段をし、ＩＴが苦手な筆者や「秋麗」の年配者に操作の手解きをしてくれた。そうして生まれた「ミシガン句会」は、アメリカのミシガン州や日本各地の三十代から八十代までの参加者二十数名を結んで毎月開催され、すでに三年間以上続いている。

ショールしてカフェからカフェへ旅めくよ

人類史に残らぬひと日ピクニック

近況報告虹の写真を送り合ひ

自粛期間中に詠まれた句である。コロナ禍の日々もるりこさんは明るく前向きに暮らし、同僚や友人や家族を勇気づけていた。コロナ禍以前も弱い立場の人へ常にあたたかい眼差しを向けていたるりこさんらしい態度で、私も大いに励まされた。

今後は仕事上でも趣味の世界でも、さらに活躍の場を広げてゆくであろうが、この句集上梓を機に、「秋麗」が送り出す期待の俳人として、結社の内外で一層、活躍してゆくことを願っている。

二〇二三年　芒種

藤田直子

青葡萄＊目次

句集　青葡萄

Ⅰ　楡植ゑて

二〇〇一年、二〇〇九年～二〇一〇年

春浅し復刻盤で聴くショパン

塊を食む鴉ゐて雪解川

薫風の新大橋を渡りけり

深川に簾編む店風立ちぬ

足早に役者の妻の薄衣

黒あげは視野に盲点あるごとく

シェイクスピア観て夏至の夜を言祝ぎぬ

青　嵐　顔　の　対　称　取　り　戻　す

澄む秋の水面に迫る巨木かな

黄落や針捥がれたる大時計

銀杏の実臭し我生かされてをり

行く秋のギタートレモロ広げたる

つくばひは宇宙のかたち冬日影

船工は荒神のごと冬の雷

短日の九十九谷行く灯油売り

遅れ来し人に白菜剝がし足す

ウィーンより届く序曲や大旦

小正月ビジネス手帳馴染みたる

刃物屋の引き戸重たき余寒かな

浅春や小江戸を揺らす時の鐘

退官の演奏響く大椿

目前のゴールの遠さ花馬酔木

藤揺れて商ひの絵馬恋の絵馬

店先に革縫ふミシン暮の春

和太鼓の叩き出したる五月闇

クーラーに張子の虎の揺れてをり

花嫁にブーケ譲られ夏の月

麻布十番足の甲にも日焼して

黴の香のままに劇場解体す

水平の煙の伸ぶる西日かな

鑑真の寺の蓮の実やはらかし

胡桃割る怪盗ルパン読みながら

旅かばんの鍵穴を拭く白露かな

中国・北京　二句

紫禁城にピアスの老女秋暑し

長城や小さく渋き棗の実

中国・河北省　七句

寝台車の硬きマットや鰯雲

月餅とふとんを抱へ中秋節

朝日さす大平原や黍の粥

歓待の歌らうらうと月今宵

秋高し河北の子らと楡植ゑて

土掬ひ飛蝗を掬ふショベルかな

大平原に落つる秋日や影伸びて

警棒でリズム取りをる小春かな

寒鰤のトロ箱巍巍と積まれたる

Ⅱ　夜空色

二〇一一年〜二〇一四年

黙祷に始まる会議花辛夷

春コート地震予報に身構へて

節電の暗き手元や独活を和へ

春雷や岡本太郎の赤と黒

黒揚羽被曝の蜜を吸うてをり

ぬめぬめと蚯蚓のたうつ舗道かな

修道女に還る墓あり青葡萄

食するに足るのみを釣り敗戦日

震災忌押してても開かぬドアを押し

秋麗や祖母に貰ひしアメジスト

熔岩の隙より湧けり虫の声

山頂に生まれて死ぬる飛蝗かな

秋雨や祇園の木塀赤らみて

雁の都の空の高さかな

紅白のワインで御用納して
コーヒーの染みの匂ひの日記果つ

喪の家の雪を搔きをる隣家かな

寒晴や狂女の面に笑み浮かび

春の闇抜けゆく夜汽車窓に頬

鴉来て萎えし躑躅に止まりけり

パリ　四句

メトロ出でセーヌ左岸の風涼し

老婦人のパンプス高し聖母月

街燈を掲ぐる裸像新樹の夜

猟銃のショーウィンドーや薄暑光

頬赤き少年阿修羅夏きざす

祇園会や営業課長は鉾の上

杜鵑草比叡に慈悲の水湧いて

辻斬りのごとく手折られ曼珠沙華

コンビニの秋刀魚ほほばる昼休み

能面の朱の裏書や冬深し

路地裏に石油ストーブにほひけり

橋梁は神殿のごと冬の河

朧夜の闇へ降りゆくエレベーター

君子蘭色を極めて散りにけり

こでまりや亀の子石を祀る町

藩校にバレー部の声緑立つ

海の香の家に育ちし岩燕

特攻の町の渓蓀の丈足らず

鯉幟からだは息のとほりみち

淀川の橋を涼しく数へけり

壁に頬預けて待ちぬ冷し麦

夜空色の裾ひるがへし夏芝居

水に浮く茉莉花のなほ匂ひけり

経営書と漫画枕に昼寝せり

顎引いてゆく通勤路花木槿

奥利根の水を聴く旅むら紅葉

長き夜の文芸論から組織論

秋日さす駅舎の脇の発電所

湧水のほとりに落葉焚くくらし

雪吊の柱を担ぎ庭師来る

二日目の雑煮は母の郷の味

初稽古譜面に感嘆符を足して

ビル裏の祠を拝し初仕事

演芸の街廻る車夫鳥総松

寒晴の興行幟五色なる

異動日の手袋越しの握手かな

勤続表彰虻ホバリングしてをりぬ

口中の血の味あまき小暑かな

噴水のあつけらかんと墜ちにけり

教室に残る墨の香星祭

引越しの荷の温もりや秋の宵

数へ日の植ゑ替へらるる花時計

Ⅲ　棗椰子

二〇一五年〜二〇一六年

首里城の王の聖域初まゐり

冬銀河化石となりし鮫の牙

美《ちゅ》ら海の色まとふ魚初商

月桃の香の餅《ムーチー》を購ひぬ

もがりぶえ荷台の牛の大き顔

盗賊の頭《かしら》の矜持冬の蜂

独り居の雪平鍋やだいこ透く

冬薔薇楽譜を綴づる紙挟み

桜餅古地図に我が家探しつつ

船宿の提灯揺らし春疾風

やはらかき握手もらひぬ蓬餅

校庭の躑躅明るし投票す

カンボジア　七句

クメール正月荷台の上の大家族

炎昼やマグマのごとき榕樹の根

盗掘のあと点点と蟬のこゑ

蓮の葉や頭部もがれし石仏

いにしへの王の浴場裸の子

竹筒の粽売らるる木下闇

痩せ牛の小さき眼や草茂る

ベトナム　二句

囃し手の裏声涼し人形劇

殺戮の果ての和平や黄蝶飛ぶ

葉脈のごとき家系図柏餅

法被着て神輿を追へる乳母車

木洩れ日を受けて光りぬ袋角

桑名　石取祭

旧街道祭車整列してをりぬ

夏シャツや北野映画の男たち

赤き酒舐め蝙蝠を友とせむ

中国・河南省　三句

洛陽や鈴虫のこゑ高く澄み

秋の朝絹をなびかせ太極拳

石仏の大き破顔や百日紅

秋の薔薇テノールひらり登場す

後日談ほろほろと聴き新豆腐

さやけしや髪留め一つ新しく

畝ごとに葉を違へたり村の秋

秋の雨指が憶えてゐるショパン

矢印のごとき嘴冬の鳥

赤き裾曳きて歌ひぬ降誕祭

初弾やオーボエの音の高らかに

祖母の家の裏が緑の炬燵台

春ゆふべ縷縷縷と動く掃除ロボ

蜆汁貝殻の裏あをあをと

春ショール昼餉のあとの遠回り

コネクタに雌雄のありて小町の忌

百年の醫院の窓や花の雨

花屑や濠に銀粉蒔くごとく

菜の花や丈長ければ長く揺れ

春風や膝を開きて仏坐す

天よりもなんぢやもんぢやの花白し

柏餅新築の木の匂ひして

青鷺のパンタグラフのやうな脚

棗椰子つまむ黒衣や薄暑光

日盛や屋台小さく畳まれて

一年の臍の八月十五日

あきつ群る被爆の民の入りし川

爽やかや櫂の雫を身に受けて

冬瓜煮る邦子に秘めし恋ありて

枝先の赤くけぶれる冬木立

木の葉雨小鬼棲みたる庭の隅

水底に魚影の溜まる冬至の日

雪しまきオフィス丸ごと難破めく

Ⅳ　ハンモック

二〇一七年〜二〇一八年

初春や弁天さまのゆびの反り

すずしろの漆黒の泥すすぎをり

梅散るや水音絶えぬ彫塑館

彫刻の犬と目の合ふ余寒かな

自転車の車輪を磨く桜の夜

小さくて全きものぞ甘茶仏

戯れを真に受けし日の薔薇に雨

辺境を旅する夢やハンモック

十薬の花あまたあることかなし

中国・北京　七句

大陸で聞く初蟬やからからと

トランクを食卓にして青葡萄

皇宮の黄の屋根屋根やとんぼ飛ぶ

片陰や西太后の赤き壁

朗らかにメロン売る声城の外

花ゑんじゆ小鳥の芸を売る翁

肌脱の男看板張り替ふる

中国・九寨溝　二句

湖の果て滝ははにはかに始まりぬ

夏山や倒木ひそと転生す

種を採るアダム土より生まれしと

大鷹の見渡す巨大物流街

去年今年巨き鳥往く影の濃し

初旅の楽譜読み込む機内かな

小さき手に我が手を重ね歌留多取

台湾　二句

聞くがまま念仏唱へ蓮の花

文鳥が占ひをする夜店かな

海風を梢に受けて夏木立

夏期講座久留米絣のペンケース

装丁の金の箔押し宵の秋

白木槿咲いて恩師に会ひに行く

秋日さす技術遺産の語部に

富士仰ぐ実験農場秋澄めり

大提灯に山の一文字夜半の秋

軽トラにパイプ椅子積み秋祭

逃げ惑ふ九尾の狐すすきの穂

白秋の死面のゑくぼ石榴の実

船頭の佳き声を聴き冬の川

V 海硝子

二〇一九年～二〇二〇年

ゆるゆると「おくのほそ道かるた」とる

白梅の萼の赫さや手術痕

春燈や腸を見透かすレントゲン

チューリップ子は先づ縦に伸びゆくよ

陽のひかり一身に受け黄アネモネ
多摩川の水の青さや夏来る

小満や一夜限りのネイル塗り

蜜を吸ふときの震へや夏の蝶

短夜の腟ほの暗き裸婦図かな

下闇を出るときをんな黙しをり

珈琲の粉の膨らむ仲夏かな

お下がりの半幅締めて初浴衣

小走りの奥女中めく金魚かな

白南風やポニーは長き睫毛伏せ

海硝子《シーグラス》拾ふひるがほ閉づるまで

やはらかき棕櫚の箒や今朝の秋

社長交代朝顔の蔓迷走す

被爆船に射す光線やカンナ咲く

足指を砂に這はせて秋渚

山一つ水を抱へて野分あと

祈禱書の旧きにほひや秋日和

冬帽の寄りかかり来る車内かな

二塁打の放物線や冬日燦

土手登る水鳥のこゑする方へ

終はりとは始まりであり絵双六

あたらしき靴下おろす四日かな

退任の大き背中や白木蓮

花馬酔木人事通達長長と

永き日や笑ひヨガなどしてひとり

浴ぶるほど本が読みたし晶子の忌

時の日の空に巨星を探しをり

風の香や誰とも会はぬ朝散歩

茄子の紺かつて渚でありし路

剝がさるる大看板や梅雨の蝶

香の店桶にあぢさゐ活けられて
役立たぬことをやりたし蛞蝓

灯籠に鹿のレリーフ風涼し

茅の輪くぐりて漆黒の社かな

出社制限冷房音の高高と
画面越しの再会祝すレモン水

胡瓜揉む因数分解できぬこと

厚底の白靴弾む出勤日

オムレツをぷつりと開く土用かな

船宿の並ぶ界隈夏のれん

絹を縫ふ手首やはらか薫衣香

あさがほの種を盗られてしまひけり

絵に描きて歌詞を覚ゆる秋夜かな

カフェに残る床屋の鏡つたもみぢ

終章に意表突かるる夜長かな

ティンパニに頬寄す冬を告ぐる前

冬来る煌めきてから鳴るホルン
星冴えてトライアングルけたたまし

革ジャンの怨みを一つ飼ひ慣らす

凍雲を見上ぐる窓やテレワーク

ホットアップルサイダー煮出す薄暮かな

ショールしてカフェからカフェへ旅めくよ

桟橋に雅楽流るる冬夕焼

鬼舞ひて病鎮むる里神楽

大年や駅舎に響くブラシ音
挟まるること心地よき耳袋

Ⅵ　白檀の香

二〇一一年〜二〇一三年

初空や見知らぬ犬に懐かれて

釣船の高きに掲げ松飾

「乾杯の歌」にはじまる初稽古
福豆を添へ新任の挨拶す

鳥に蜜吸はせたまへる老桜

草餅や講義配信白熱し

四月馬鹿卵焼き器に溢るる黄

復活祭神学生の弾くギター

春塵やフォロワーすこし失ひて

人類史に残らぬひと日ピクニック

はつ夏や藍の手染のワンピース

近況報告虹の写真を送り合ひ

われ一代守宮何代棲みたるや

白靴の新任講師として登壇

ワクチンの火照り宥むる氷菓かな

花柄の小さきコップや麦茶受く

こぼれ萩疑念の湧けばきりもなく

石榴もぐ日曜学校終へし子へ

腰掛くる階段の冷え試験前

白菜をくたくたと煮て蟄居かな

ふくふくの丸鶏捌くクリスマス

籠いつぱい本を買ひ込み年用意

獅子頭脱ぐやあたまの豆絞り

録音の一語一語を聴く寒夜

行き甃れし野鳥のごとき手套かな

桜樹下別れと祝ひハグに籠め

巻髪のオスカルめきて麗けし
若芝や講義の余韻嚙みしめて

鴨引きていよよ眩しき川面かな

朧夜の玉子とろとろオムハヤシ

緩慢に朽つるわが身と春キャベツ

空《くう》を切る太極扇や春の雷

山葵飯たづさへてゆく城の址

苦味佳き社食のプリン春深し

陽に透くる麝香揚羽の黒レース

店長の恋は実れり栗の花

歴戦の文士の集ひ驟雨来る

遠くへ行きたい天道虫の背に乗つて

髪切りてピアスを開けてソーダ水

軽量のパソコンを得て涼新た

釣船にけぶる煙草や赤のまま

薄紙に透くる書名や小望月

流星や己が書店を持つ夢も

祈るごと物語るひと秋袷

秋の暮学会準備着着と

行く秋や手持ちの名刺使ひきり

水鳥へ残り飯やる嫗かな

小旅行ショール一枚たづさへて

ボウタイの似合ふ楽士や冬薔薇

珈琲の水筒を手に初日待つ

初声の長きを七つ数へけり

白檀の香に満たさるる初湯殿

初暦裏方となる星廻り

ラーメンの煮玉子旨き二日かな

弾初や装飾音を軽やかに
筆はじめ源氏の君の贈答歌

恋がるた好みの札を隠しけり

自画像に鬼を描く子と福笑

福寿草ただ傍にゐて呉るる人

初仕事海を見たくて屋上へ

ちりめんの小さき兎を縫始

チェリストは頸傾けて野水仙

パン買うてまだ淡雪と答へけり

春寒し更地に遺る井戸の錆

社務所より昼餉の匂ひ梅日和

嬉しくて叱つてしまふスイートピー

出張の小さき鞄や弥生尽

やはらかきことを誇りに花大根

跋

ショールしてカフェからカフェへ旅めくよ

リモートワークが続くるりこさんの、とある一日だろうか。コロナ禍で働く環境は一変した。カフェでパソコンを開くこともあるのだろう。安定した企業に勤めながらもどこかノマド（遊牧民）のような不安定さを感じているのかもしれない。ショールを巻くことで気持ちを奮い立たせ、また次のカフェに向かう。思えばいま、誰もがこんな不安をうっすら感じながら生きているのではないだろうか。終身雇用制度も崩壊しつつある現代社会を写し取った、普遍的で新しい感覚の句である。

大 鷹 の 見 渡 す 巨 大 物 流 街

人類史に残らぬひと日ピクニック

これらも現代日本の一面を切り取った句であると言えよう。一句目は東京港野鳥公園での吟行句だったと記憶している。まるでるりこさん自身が大鷹となって見渡しているかのような詠みぶり。「巨大物流街」というおよそ詩になりにくい言葉を見事に収めている。二句目はピクニックをしながら、こんなに楽しい一日も人類史に残ることはないのだと気づいてしまった。切ないからこそ、いまこの瞬間を抱きしめて生きていこうと思っているのかもしれない。俳句という表現形式を信じているからこそ詠めた詩の世界である。

るりこさんはこのように、日常を俯瞰しながら詠むことに長けている。それは天賦の才でありながら、長い年月をかけて育んできた俳句の審美眼によるところも大きいと思われる。以前、るりこさんから「幼い頃から自宅には俳句カレンダーが掛かっており、家族がそれぞれ好きな句に○（マル）をつけていた」と聞いたことがある。そのような環境の中で、俳句の骨法、リズムが自然と身体感覚の中に取りこまれていったに違いない。選句の確かさ、高い美意識もまた納得のいくところである。

シェイクスピア観て夏至の夜を言祝ぎぬ
夜空色の裾ひるがへし夏芝居
「乾杯の歌」にはじまる初稽古
秋の朝絹をなびかせ太極拳

るりこさんの本物を求める姿勢はあらゆる趣味の世界にも通じる。声楽、太極拳、観劇、読書、旅行、その他枚挙にいとまがないが、どれも深く掘り下げて学び、楽しむのがるりこさん流である。一句目、シェイクスピア劇を観た後の心の昂りが「言祝ぐ」という言葉の斡旋に繋がっている。実に自然に詠まれているが、なかなか出てくる言葉ではない。二句目の「夜空色の裾」とは粋でオリジナリティがある。三句目の「乾杯の歌」は歌劇『椿姫』の代表曲。初稽古の曲として歌う喜びが感じられて、読み手まで楽しくなる句だ。四句目は秋の爽やかな朝空の下で優雅に太極拳を舞うるりこさんが目に浮かぶよう。いずれも実体験に基づいた心の躍動が句の中核にあり、魅力的な句となっている。多種多様な趣味を通して豊かな人生を享受していること、そしてその全てがやがて俳句として大きな果実となっていることが、本句集を通して感じられることだろう。

月餅とふとんを抱へ中秋節
秋高し河北の子らと楡植ゑて
洛陽や鈴虫のこゑ高く澄み

旅先での句も実に生き生きとしている。度々訪れたという中国での句群が特に印象に残っているが、藤田主宰の序に詳しいので、ここでは割愛させていただく。ただ本句集で改めてるりこさんの旅の句に触れ、なんと大らかで麗しい句が多いのだろうと感銘を受けた。日常から解き放たれた時、るりこさんの感性はより鋭敏に、より繊細になるのだろう。もしかしたらこの日本は、るりこさんにとって狭すぎるのかもしれないとすら思ってしまった。まだ海外には一緒に行ったことがないが、いつの日か海外吟行を共にしたいものである。

白靴の新任講師として登壇
秋の暮学会準備着着と

もちろん仕事の句も多くある。るりこさんは実に有能な方で、仕事に対する熱量も大きい。仕事の中身を深めるために休日を使って資格を取ったり、実際に講師として登壇したりと着実に活躍の幅を広げている。一句目の「白靴」には新しいことに挑戦する気持ちが、また二句目の「秋の暮」には学会というアカデミックな場に関わることへの充実感が感じられる。二句とも近年の句であるが、仕事の充実は俳句にも繋がる。いずれも季語を信じて詠み切っており、動かない。

るりこさんと私は二歳違いで同じ団塊ジュニア世代、受験も就職もそれなりに苦労した年代である。その中でもるりこさんは確実に人生の駒を進め、キャリアを積み、責任ある仕事を任されてきた。句会でも常に理路整然と説得力のある話をされるるりこさんであればこそ、会社で活躍されるのも当然のことだろう。

結社内でもコロナ禍が始まってすぐにオンライン句会を実現させるなど、その能力を存分に発揮されてきた。「秋麗」は今秋十四年目を迎える結社であるが、全速力で走り続ける藤田直子主宰を誰よりも深く理解し、精神的に近いところで支えてきたのはるりこさんであろうと私は思っている。これまで行われてきた記念大会、吟行会、その他さまざまな場面でるりこさんの存在感は際立っていた。濃やかな気遣いもまた生来のものなのだろう。常に全体のバランスを見ながら、ひとりでいる人には笑顔で話しかけるようなことを自然にされる方である。それがどれだけ「秋麗」の力となっているか、本人は案外気づいていないのかもしれない。

ティンパニに頰寄す冬を告ぐる前

終はりとは始まりであり絵双六

るりこさんにとって俳句とは、現時点では多くの趣味のひとつかもしれない。それでもこれだけ伸びやかに「まぎれもない己のある句」を詠むるりこさんの底知れない可能性を私は信じて疑わない。第一句集のご上梓を機に、益々活躍されることを心から祈りつつ、筆を擱くこととする。

二〇二三年　水無月

黒澤麻生子

あとがき

この第一句集には、主に二〇〇九年から二〇二三年春までの計三三〇句を収めました。二〇〇一年頃から若手のＦＡＸ句会などに参加しておりましたが、母である藤田直子の「秋麗」創刊を機に定例句会に参加するようになりました。

修道女に還る墓あり青葡萄

トランクを食卓にして青葡萄

句集名の「青葡萄」はこの二句から取りました。一句目は「秋麗」の句友とともに中村草田男先生のお墓にお参りした際、カトリックの墓地の一角に修道女のためのお墓があることを知って詠みました。私自身は特定の信仰を持ってはいませんが、キリスト教主義の学校で育ちました。葡萄といえば、ヨハネによる福音書の一節「わたしはぶどうの木、あなたがたはその枝である」を思い起こします。人は誰しも大きな一本の葡萄の木のなかの一枝であり、すべての人は（信仰という幹を通じて）互いに繋がっているのだ、という意味だと捉えています。

そしてヨハネによる福音書は「初めに言《ことば》があった。言は神と共にあった。言は神であった」で始まります。私自身も葡萄の一枝であり、言語表現という営みを通じて、句友や、この句集を手に取ってくださる方、ひいては人類の文化や歴史に繋がっているのだと、句集を纏める過程で気づくことができました。

二句目は中国で詠みました。葡萄はシルクロードを経て日本へ伝来したそうです。異文化に触れるときには、かつて学んだ文化人類学や地域研究の視座に立って詠みたいとの願いがあります。

句集を上梓するにあたり「秋麗」の藤田主宰から序文を、句会でご指導いただいている黒澤麻生子さんから跋文を賜りました。心より感謝申し上げます。

まだまだ未熟な青葡萄ですが、精進してまいりたいと存じます。今後さらに諸先生や諸先輩のご指導を賜りたく、よろしくお願い申し上げます。

二〇二三年　大暑の日に

藤田るりこ

著者略歴

藤田るりこ（ふじた・るりこ）

1974年　東京都生まれ
1993年　立教女学院高等学校卒業
1998年　津田塾大学学芸学部国際関係
　　　　学科卒業
2001年　作句開始　藤田直子に師事
2009年　「秋麗」創刊時に入会
2018年　秋麗新人賞受賞
2020年　「秋麗」同人

俳人協会会員

産業カウンセラー
国家資格キャリアコンサルタント
２級キャリアコンサルティング技能士

句集　青葡萄　あおぶどう
二〇二三年九月二三日　初版発行
著　者――藤田るりこ
発行人――山岡喜美子
発行所――ふらんす堂
〒182-0002 東京都調布市仙川町一―一五―三八―二F
電　話――〇三（三三二六）九〇六一　ＦＡＸ〇三（三三二六）六九一九
ホームページ　http://furansudo.com/　E-mail info@furansudo.com
振　替――〇〇一七〇―一―一八四一七三
装　幀――君嶋真理子
印刷所――日本ハイコム㈱
製本所――㈱松岳社
定　価――本体二八〇〇円＋税
ISBN978-4-7814-1591-8 C0092 ¥2800E